AF311527

POÉSIES

PAR

A. DE FERRIER.

PARIS.

IMPRIMERIE ADMINISTRATIVE DE PAUL DUPONT,
Rue de Grenelle-Saint-Honoré, 55.

1845.

LA TRISTE VÉRITE.

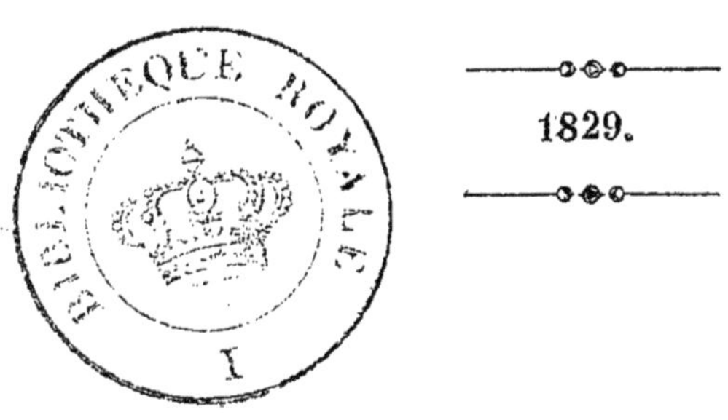

1829.

Déjà vers l'inconnu rivage
Où pour l'homme il n'est plus d'orage,
M'entraîne le commun destin,
Et plus qu'au milieu du voyage,
Léger d'espoir et de bagage,
Je vois le but d'un œil serein.

Comme pour le passé sans plainte,
Pour l'avenir je suis sans crainte.
Non qu'un astre très-radieux
Ait brillé pour moi-dans les cieux,
Et qu'à cette déesse avare,
Dont la main fait tant d'envieux,
Je doive la faveur bizarre
Qu'elle ait daigné m'ouvrir les yeux.
Vers cette séduisante idole
Mon encens ne s'est point porté,
Et dans un appui moins frivole
J'ai trouvé la sécurité.
Philosophe sans le paraître,
Guéri de toute illusion,
Exempt de toute ambition,
Enfin je commence à connaître
Combien à la félicité
Convient la douce obscurité;
Et libre dans l'étroite sphère
Où mes désirs fixent mes pas,
Des passions l'horrible guerre
M'environne et ne m'atteint pas.
Mais quand mon âme ambitieuse,

D'un semblable repos honteuse,
Vers les périlleuses hauteurs
Qu'habitent les vaines grandeurs
Se fût quelque jour élancée,
Dans cette région glacée
Où des plus nobles sentiments
S'éteint la flamme généreuse,
Quels succès vraiment éclatants
Et quelle palme glorieuse
Eussent couronné mes efforts?
La honte seule et le remords!

Insensés qu'aveuglent l'audace
Et de l'or l'homicide appât,
Près de vous j'irais prendre place!
Mon nom du vôtre aurait l'éclat;
Comme vous, vivant d'impostures,
J'irais verser sur les blessures
Des malheureux que j'aurais faits
L'impunité d'anciens parjures
Et l'effroi de nouveaux forfaits!
Comme vous, semant la tempête
J'irais sous le trône des rois,

Ébranlé déjà tant de fois,
Cacher ma criminelle tête,
Et jouir de l'horrible fête ,
De voir succomber sous le faix
De ses revers et de sa gloire
Un peuple qui de sa victoire
Ne profitera donc jamais !

Non, d'une telle ignominie
Couvrez-vous seuls, gens du pouvoir ;
Sans crainte osez nous faire voir
Votre honte et votre infamie !
Le salaire suit le labeur.
Mais qu'importe le déshonneur ?
Ou plutôt en est-il encore,
Lorsqu'en vous c'est lui seul qu'honore
Et de titres pompeux décore
De la cour la haute faveur ?
Lorsque du noble sanctuaire
Où d'une gloire héréditaire
Vivent les insignes sacrés,
Il ose, d'un pas téméraire,
Franchir jusqu'aux derniers degrés ,

Et, de la vertu courageuse
Empruntant les airs vénérés,
Il vient de sa face hideuse
Nous montrer les traits abhorrés.

Mais peut-être à tort je m'irrite,
Et, de monomanie atteint,
Sous une couleur insolite
Ce siècle à mes yeux s'est-il peint ?
Où je vois trahison et vice
Sont peut-être gloire et vertu :
Et, loin que vers le précipice
On conduise un peuple abattu,
Par le règne de la justice,
Au bonheur il sera rendu.
Ainsi depuis près de trois lustres
Qu'à des désastres trop illustres
Nous devons nos maîtres nouveaux,
Dans la paix et dans l'abondance
La belle et malheureuse France
A trouvé l'oubli de ses maux ;
Ainsi les arts et l'industrie,
Grâces aux généreux secours

Des Corbière de ces beaux jours,

Sont sortis de leur léthargie,

Et de nos orgueilleux voisins

Ont su conjurer les desseins.

Ainsi du Léopard perfide

Si l’Aigle fut longtemps l’effroi,

Plus habile ou plus intrépide,

La main puissante qui nous guide

L’a vu se ranger sous sa loi,

Et d’Alger l’insolent rivage

Expie aujourd’hui son outrage.

Et sans doute à tous ces bienfaits

Viendront se joindre les hauts faits

Qui de ce temps trop mémorable

Formeront l’histoire incroyable.

Quoi! des malheurs alors sacrés

Ne pouvaient être réparés

Que par la baïonnette russe

Ou le fouet vengeur de la Prusse;

Et de l’orgueilleuse Albion

L’insolente compassion

Devait seule de l’anarchie

Sauver notre triste patrie!

Quoi! de ce peuple généreux
Quand au trône montaient les vœux,
Il fallait à son fier langage
Répondre par le persiflage!
Et qu'est, au fait, ce monument,
OEuvre de crainte et de détresse,
Dans sa base ébranlé sans cesse?
Qu'est cette royale promesse
Et ce fallacieux serment
Que l'on reçut avec ivresse
Et qu'on répète en gémissant?
Qu'est cette secrète alliance
Avec ces fourbes revêtus
De l'épais manteau des vertus?
Par quelle lâche tolérance
Ces loups chassés de toutes parts
Sont-ils encor dans nos remparts?
Et dans cette lutte alarmante
Du despotisme et de nos droits,
De l'arbitraire et de nos lois,
Où tend cette marche constante
Dans une route notre effroi?
Et pourquoi n'appeler à soi

Que ces gens de triste mémoire,
Ennemis nés de notre gloire,
Et préparant chez l'étranger
Nos tourments et notre danger?
O honte! de nos propres frères
La main aux rives étrangères
Porte les fruits de nos travaux,
Et, d'une lâche politique
Suivant toujours la voie oblique,
Nous livre à nos adroits rivaux.
Par quelle impéritie extrême
Sommes-nous donc ainsi nous-même
Les auteurs de nos propres maux?
Quelle funeste imprévoyance
Nous laisse sous la dépendance
De peuples sans gloire et sans foi,
Qui, sûrs de la reconnaissance
D'un exilé qu'ils ont fait roi,
Espèrent qu'à leur dure loi
Obéira toujours la France?
Mais que de nos malheureux temps
La fin ait été légitime,
Qu'à des secours humiliants

On ait pu recourir sans crime,

Muette en sa grave douleur,

Mais forte encor de son honneur,

La France est-elle solidaire

De ces traités qu'à l'Insulaire

Signa la main tremblante encor

D'un prince alors son tributaire,

Et funeste dépositaire

De notre gloire et de notre or?

Ah! que son âme mieux trempée,

Pour compléter l'horrible poids

De nos trésors livrés aux rois,

N'a-t-elle ajouté son épée!

Mais il était écrit aux cieux

Que d'un joug ignominieux

Le poids ferait gémir la France;

Que ses efforts et sa constance,

Loin de rendre meilleur son sort,

L'éloigneraient toujours du port;

Que la cupidité, l'intrigue,

Les coupables ambitions

Et les plus viles passions

Formeraient une étroite ligue,

Et par un chemin ténébreux
S'approchant du pouvoir suprême,
Oseraient l'attaquer lui-même.
Puissent leurs excès odieux
Ne point attirer sur sa tête
L'affreux éclat de la tempête !
Quelle étrange fatalité
Dirige donc la destinée
De cette antique royauté,
Jadis de gloire environnée,
Puis à l'erreur abandonnée?
Quel incroyable aveuglement
Frappe ce pilote débile,
Qui contre un rapide torrent
Pousse sa nacelle fragile?
N'est-il, pour dessiller ses yeux,
Hélas! s'il en est temps encore,
Dans ceux que la patrie honore
Nul mortel assez courageux?
Et loin des conseillers perfides
Dont le souffle répand la mort,
Ne trouvera-t-il point de guides
Qui nous conduisent tous au port?

Ainsi dans ma retraite obscure,
De tristes pensers agité,
Je dévore en secret l'injure
Qui vient tomber à mon côté,
Et ma bouche tout bas murmure
Le mot sacré de liberté.
Dois-je, hélas ! fermer la paupière
Avant d'avoir vu sa bannière
Orner nos superbes remparts ?
Et sur son image chérie
Ne pourrai-je, en quittant la vie,
Attacher mes derniers regards ?

ANNIVERSAIRE

DES JOURNÉES DE JUILLET 1830.

Des jours sanglants, mais sublimes de gloire,
Où la patrie abjura ses tyrans,
En consacrant l'immortelle mémoire,
Amis, aussi consacrons nos serments.
Oui, pour jamais d'un indigne esclavage,
O mon pays, tes fils t'ont racheté !
Nous veillerons sur ce noble héritage :
Nous le jurons, oui, mort ou liberté !

En vain déjà d'ambitieux, de traîtres
Est entouré ce trône du matin ;
En vain encore ils se disent nos maîtres :
Juillet pour eux fut donc sans lendemain !
Oui, c'en est fait, d'un indigne esclavage,
O mon pays, tes fils t'ont racheté !
Ils veilleront sur ce noble héritage :
Nous le jurons, oui, mort ou liberté !

Tu le jetas aussi ce cri terrible,
Brave Pologne, et seule vint la mort.
Ah ! devais-tu le trouver insensible
Ce sol français où ton sang fume encor.
O mon pays ! d'un indigne esclavage
Toi qu'à jamais tes fils ont racheté,
D'un peuple ami sauve aussi l'héritage :
Il meurt pour nous et pour la liberté.

Marchez tyrans, ou plutôt aux frontières
Notre fureur bientôt vous rejoindra !
Viens, homme libre, accours sous nos bannières,
Esclave, toi, rampe et meurs paria.
O mes amis ! d'un indigne esclavage,

Oui, nous verrons l'Univers racheté !
Qu'il sera beau cet immense héritage,
Quand régnera partout la liberté !

De ce beau jour, amis, qu'il vous souvienne !
Il est pour nous le gage du bonheur.
Des bons Français l'élite citoyenne
Dans tous les temps redira dans son cœur :
Oui, pour jamais d'un indigne esclavage,
O mon pays, tes fils t'ont racheté !
Ils veilleront sur leur noble héritage :
Nous le jurons, oui, mort ou liberté !

Décembre 1832.

Lorsque sorti de la première ivresse,
De l'existence on aperçoit le cours,
Et que, touchant au sommet de ses jours,
A pas pressés redescend la jeunesse,
La vie alors, pleine d'un autre espoir,
Est là debout, minutieuse, avare,
Retardant l'heure et s'effrayant du soir.

C'est que du jour déjà l'ombre s'empare,
C'est que le flot s'est brisé sur le roc,
C'est que la terre attend encore le soc,
Que l'avenir lève sa tête chauve
Et que le sang par les pores se sauve.

Destin bizarre ! à travers quelle nuit
Et quels écueils ton bras m'a-t il conduit ?
Faut-il atteindre au midi de la vie
Pour savourer sa plus belle harmonie ?
Faut-il, brisé par le choc de l'erreur
Et saturé d'une longue amertume,
Pour enchaîner le fantasque bonheur,
Danser autour du foyer qui consume
Le premier âge et son premier soupir
Et ces pensers qui vont perçant la nue
Et ce parfum de la fleur inconnue
D'un vague émoi nous faisant tressaillir ?
Faut-il, jouet de tout ce qui nous touche,
Roidir ses nerfs, se tordre sur sa couche,
Des pleurs d'enfant passer aux cris de fou,
Jeter son corps sur le fer, dans la flamme,
Croire monter et tomber dans un trou,

Vendre au besoin et sa tête et son âme,
Et si la gloire attire nos regards,
Prendre moulins pour superbes remparts ;
Boire à longs traits l'or et l'ingratitude
Et puis, de tous et de soi-même las,
Vouloir dormir et dans la solitude
Aller chercher ce qu'on ne trouve pas.

Affreux chaos où tombe la pensée,
Tantôt profonde et tantôt insensée !
Car c'est du poing frapper les éléments,
C'est arracher les roses au printemps,
C'est brûler l'âme et vouloir de sa cendre,
Jetée en l'air, sur soi faire descendre
Plus de bienfaits que n'en donne le ciel !
Et puis après le pénible voyage
Celle qui doit nous attendre au rivage
Est-elle là qui tient l'huile et le miel ?
Ah ! que le bras doit bien lancer la haine
Quand, au retour, toute espérance est vaine !

Elle était là, pour moi, quand les autans
M'eurent lancé sur la plage déserte ;
Elle était là, quand la bouche entr'ouverte,

J'allais maudire et le ciel et les vents.
Silencieuse, elle suivait mes traces,
Souffrant pour moi qui ne la voyais pas.
Et ce n'étaient talents, esprit ni grâces
Qui lui manquaient, mais à de tels appâts
On n'est pas pris quand la route s'achève ;
Il faut un cœur vibrant comme le sien ;
Et quand sa main fut mise dans ma main,
C'est qu'elle était l'ange de mon long rêve.

QUAND LE COQ GAULOIS

CHANTERA-T-IL ?

1832.

Quánd l'orage
Éclatera,
Que devenir si nous perdons courage !
Quand l'orage
Éclatera,
Soyons unis et le coq chantera.

Quelle tristesse assombrit vos visages,

Mes chers amis; d'où vient votre terreur?

Quels souvenirs ou quels affreux présages,

En ce beau jour, altèrent votre humeur?

Quand l'orage

Menacera,

Que devenir si nous perdons courage!

Quand l'orage

Menacera,

Ne craignons rien et le coq chantera.

Des rois du Nord vous craignez les phalanges;

Leur sale barbe encor vous fait trembler;

Ils reviendraient partager vos vendanges

Et vos enfants pourraient leur ressembler!

Cet orage

Plus ne viendra,

Les trois couleurs pour nous en sont le gage;

Cet orage

Plus ne viendra,

Notre union nous en préservera.

Mais, on le dit, d'une autre crainte encore

Sont assaillis vos esprits timorés;

Du mal de l'Inde apercevant l'aurore,
Vos testaments déjà sont préparés :
        A la rage
        Du choléra
Opposons tous patience et courage,
        Et l'orage
        Se calmera,
Je vous le dis, quand le coq chantera.

Du mal cuisant qu'on nomme.... jalousie,
Subitement auriez-vous été pris ?
Et pour l'erreur d'une femme jolie
Apprêtez-vous la vengeance et les cris ?
        Cet orage
        Se passera,
Car ici bas tout n'est que de passage,
        Et le sage
        S'apaisera,
Se souvenant que le coq chantera.

Célébrons donc gaîment cette journée
Et, résignés aux célestes décrets,
Des jours heureux de notre destinée,

Sachons jouir, mais à tout soyons prêts.

Quand l'orage

Approchera,

Contre ses coups armons notre courage ;

Quand l'orage

Arrivera,

Soyons unis et le coq chantera.

Paris.—Imp. de Paul Dupont.

A MA FILLE.

1833.

Las! chère enfant qui viens de naître;
Objet de tant d'espoir, objet de tant d'amour,
Quel sort t'attend en ce séjour
Où la douleur à l'homme donne l'être,
Où la douleur l'étreint dès qu'il vient de paraître,
Où la douleur encor l'attend au dernier jour?

Non , du malheur la main barbare
Ne t'agitera pas , tendre fleur du matin !
Le ciel clément sans doute te prépare
La paix et le bonheur d'un modeste destin.
De ses dons fastueux , pour toi s'il est avare,
Si tes jours ne sont point filés de soie et d'or,
Il est sur cette terre encor
D'autres biens, un autre apanage,
Un plus solide et plus réel trésor.
Oui , tu recevras en partage
Ces douces qualités qui donnent le bonheur ;
Tu sauras puiser en ton cœur
Ces mille attraits dont le moindre nous charme :
Brillante de simplicité ,
Belle par la candeur et la naïveté,
Et par cette pudeur que seul le vice alarme ;
Mais riche surtout en bonté ,
En cette expression de sensibilité
Que décèle un sourire ou qu'annonce une larme ;
Qui , sans apprêts et sans efforts , agit,
Qui parle par les yeux , qui vit dans la parole,
Qui nous ranime et nous console,
Et sait toujours trouver le mal qui nous aigrit ;

Qui dans les grâces, dans l'esprit,
Dans les brillants talents, dans les arts et l'étude,
Dans les riches cités ou dans la solitude,
Paraît partout et, comme un pur rayon
De l'astre qui nous vivifie,
Comme un baume qui vient endormir la raison
Et réveiller l'âme assoupie,
Nous jette dans l'extase et le ravissement,
Et, par un doux enchantement,
Nous procure l'oubli des peines de la vie.

Oui, c'est dans les plaisirs du cœur
Que nous devons chercher notre bonheur;
C'est là que sont toutes nos jouissances :
L'esprit et le savoir, les grâces, la beauté,
Le bon ton, l'amabilité,
Sont beaucoup pour les convenances
Et rien pour la félicité.
Par de brillantes apparences
Trop souvent l'homme est arrêté.
Il veut jouir, il veut sans doute
Être heureux, et prétend pour l'être avoir tout fait;
Mais pourquoi sciemment prend-il la fausse route

Qui l'éloigne de son objet?
C'est que les passions obscurcissent sa vue,
C'est qu'il va chercher dans la nue
Le bien qu'à ses côtés la raison lui montrait,
Que son cœur convoitait peut-être,
Mais que son orgueil repoussait,
Que son ambition dédaignait de connaître.

Ces conseils, chère enfant, ne sont point faits pour toi,
Pour toi qui vas puiser sur le sein de ta mère,
De celle qui reçut mon amour et ma foi,
Le germe heureux, l'exemple tutélaire
De ces douces vertus dont mon faible pinceau,
La prenant pour modèle, a tracé le tableau.
Oui, tu seras bonne comme elle;
Ton cœur sera doué de ce tact merveilleux,
De cette activité, de ces élans heureux
Dont la douceur toujours nouvelle
Chaque jour me ravit et chaque jour appelle
Et ma reconnaissance et mon plus vif amour.
Toi, chère fille, quelque jour,
Tu lui rendras aussi le tribut de tendresse
Qu'elle te prodigue aujourd'hui;

Tu seras son soutien, sa joie et son appui;

Tu feras de ta vie une longue caresse

Dont tu l'entoureras comme d'un fin réseau;

Tu paîras de tes soins, de ta reconnaissance,

    Du charme de ta confiance

Les maux qu'elle a soufferts, l'effroi toujours nouveau

Qu'inspire à son amour ta douloureuse enfance,

    Et les tourments sans nombre encor

    Et l'agitation, le trouble, la détresse

   Que doit, plus tard, causer à sa tendresse

    Ton timide et premier essor.

Puis, lorsque dans la vie entrant d'un pas plus ferme,

D'autres émotions feront battre ton cœur,

A tes regards surpris quand l'horizon trompeur

    Paraîtra brillant et sans terme;

Quand, aux folâtres jeux, au désir innocent

De ces plaisirs naïfs qui charment le jeune âge,

   Succédera le douteux sentiment

   D'un autre bien, de ce bien dont l'image

    A pour nous de si grands appâts

    Que d'abord on ne comprend pas,

Qui trouble, qui surprend, ravit et désespère;

Que sans cesse on poursuit, qui fuit à chaque pas,

Et qui souvent, hélas! n'est rien qu'une chimère,

Oh! verse alors dans le sein de ta mère,

Verse, ma chère enfant, ton pénible secret;

Dis-lui ton désespoir et ta douleur amère;

Dis-lui ton espérance et ton riant projet;

De tes premiers soupirs, dis-lui quel est l'objet :

Elle te guidera dans cette étroite route

Où le bonheur souvent est dans le doute,

La douleur, dans la vérité.

Mais elle te dira que la félicité

Que parfois aussi l'on rencontre,

Jamais ici-bas ne se montre

Sans la vertu qui lui donna le jour,

Et sans les qualités de l'âme

De tous, mais surtout d'une femme,

Le plus riche apanage et le plus bel atour.

Voilà, ma chère enfant, les souhaits que ton père

Forme en ce jour pour ton bonheur;

Ils se résument tous dans ce vœu de mon cœur :

Sois l'heureux portrait de ta mère.

A CLOVIS B.....

Quelle amère douleur ou quelle frénésie
Armant ton désespoir,
Te fait jeter ainsi ta jeunesse fleurie
A l'orage du soir?

Débile adolescent, à peine dans la vie
As-tu fait quelques pas,
Et ton âme, déjà par le malheur aigrie,
Soupire le trépas!

Crois-tu donc que mourir soit d'un cœur magnanime
    Le plus hardi transport,
Qu'il n'ait pour se soustraire au destin qui l'opprime
    D'autre arme que la mort?

Non, non, mourir n'est rien, d'une lâche faiblesse
    C'est le facile effort,
C'est jeter sur autrui le poids qui nous oppresse
    Et nous sauver au port.

Mais des hommes, dis-tu, la cruelle injustice
    Te frappe incessamment;
A vaincre les complots de leur lâche artifice
    Tu restes impuissant.

De tes nobles efforts pour t'ouvrir la carrière,
    Le besoin fut le prix;
Aux accents de ta muse indépendante et fière,
    Répondit le mépris.

De viles passions une coupable ligue
    Contre toi se forma,
Bassesse, lâcheté, mensonge, envie, intrigue,
    Chaque vice y trempa.

Et tu sentais en toi ces instincts, cette flamme,
    Elans d'un noble cœur;
Des hautes régions où planait ta belle âme
    Tu voyais le bonheur :
Non le tien, car c'était aux hommes, à tes frères
    Que tu voulais parler;
C'était pour adoucir leurs douleurs, leurs misères
    Et pour les consoler.

Tu voulais démasquer des puissants et des riches
    L'orgueil, la dureté;
Tu voulais renverser ces ignobles fétiches
    De la servilité.

Aux erreurs, aux abus, tu voulais que ta plainte
    Vînt opposer un frein;
Que le droit naturel, que la liberté sainte
    Ne fut plus un nom vain.

Tu voulais voir encor ta si belle patrie,
    Cette chère Ilion,
Libre et fière, lever sa tête enorgueillie
    Au-dessus d'Albion;

Enfin de la vertu, de l'honneur, de la gloire
    Relevant les autels,
Ta main aurait voulu d'une noble victoire
    Enrichir les mortels.

Mais ta voix vainement au loin s'est fait entendre,
    A toi nul n'est venu ;
Nul ne t'a pressenti, nul n'a su te comprendre,
    Nul ne t'a secouru.

Au sordide intérêt, à l'aveugle athéisme
    Tu t'adressais en vain,
Dans ce siècle pervers où règne l'égoïsme,
    Tous les cœurs sont d'airain ;
Toutes les passions ensemble déchaînées
    Menacent l'avenir ;
Ah ! plutôt que de voir ces fatales années,
    Mieux vaut, dis-tu, mourir !
Mourir ! mais ce serait une atroce folie,
    Presqu'une lâcheté !
Mais ce serait vouloir sortir de cette vie
    Par une absurdité.

Je le sais, lorsque près du chevet du génie

La misère est debout,

Lorsque l'on sent la faim avec la calomnie

Vous poursuivre partout;

Lorsque de sa jeunesse et de son énergie

Usant tous les ressorts,

Pour détruire du mal la profonde carie

On ne peut plus d'efforts,

Le désespoir alors peut s'emparer de l'âme,

Et le bras, un instant,

Peut vouloir étouffer cette brûlante flamme,

De son trouble aliment;

Mais, c'est de la faiblesse et de la peur peut-être

Le funeste conseil;

L'homme énergique et fort de lui se rend le maître

Et s'élance au soleil.

Et puis, si tu mourais, sais tu bien que l'envie

Acharnée après toi,

Te poursuivant encore au delà de la vie,

Suspecterait ta foi;

Peut-être elle dirait qu'ambitieux de gloire

Et de brillants succès,

Tu croyais te frayer au Temple de Mémoire

Un plus facile accès ;
Qu'avant tout, animé du sentiment vulgaire
De la célébrité,
Tu n'as été conduit, dans ta feinte colère,
Que par la vanité,
Et que tu n'étais pas de ces hommes d'élite
Dont le but généreux
Est, quel que soit le rang qu'occupe leur mérite,
De faire des heureux.

Peut-être on dirait plus ; mais à l'erreur commune
Alors je répondrais
Que la cupidité, la soif de la fortune
Ne t'atteignit jamais,
Que vers le noble but où vise une âme honnête,
Fièrement tu marchais,
Ne sachant pour ton œuvre, insoucieux poëte,
Quel prix tu recevrais.

Mais la force, le temps, peut-être le courage
A la fois t'ont manqué,
Car tu ne savais pas à quel immense ouvrage
Tu t'étais attaqué.

Non, tu ne savais pas, n'ayant dans cette vie
　　Tracé qu'un seul sillon,
Ce qu'il faut de vertu, de force, d'énergie,
　　De résolution,
Pour oser corps à corps se prendre avec le vice
　　Et pour le terrasser,
Pour oser démasquer le fourbe, l'injustice
　　Et pour les renverser.

Oui, laisse cette tâche à de plus forts athlètes,
　　Ton devoir est rempli.
Mais pour t'être placé parmi les grands poëtes,
　　Tout n'est pas accompli.

Redeviens citoyen, redeviens homme utile
　　Par un nouveau labeur;
La carrière est ouverte à ton esprit fertile,
　　Ouverte à ton grand cœur.

Travaille, affranchis-toi de la pitié publique
　　Qui te blesse et t'aigrit;
Ta place est au foyer où chaque homme s'appli
　　A l'œuvre dont il vit.

Songe qu'à ce grand tout, qu'un même esprit anime,
    Chacun doit concourir,
Et, l'honneur te le dit, que nul ne peut sans crime
    De son poste s'enfuir.

Puis, songe encor qu'au point où se borne ta vue
    Peut-être est le néant,
Mais aussi que peut-être au-dessus de la nue
    Un juge nous attend.

A M. DEFOS,

AUTEUR DES PROVERBES CYNÉGÉTIQUES.

Némésien et Calpurnius
Et le très-docte Grotius
Dont tout veneur garde mémoire,
Des chasseurs, aux temps d'autrefois,
Ont déjà raconté la gloire.
Depuis lors, quels princes, quels rois

De cynégétiques exploits

N'ont pas enrichi leur histoire !

Que d'animaux mis aux abois !

Que de bêtes prises, détruites,

De tout poil, grosses ou petites !

C'est à se demander, vraiment,

Comment après tant de défaites,

Tant de destructions de bêtes

Il nous en reste encore autant !

Mais de Dieu la bonté suprême

A tout, ici-bas, a pourvu,

Et le cas de disette extrême

Surtout en ce point fut prévu.

Sans cette divine largesse

De celui qui nous créa tous,

Que deviendrait l'humaine espèce ?

Chasseurs, que deviendrions-nous ?

Puis, que chanteraient les poëtes

Et les auteurs parlant de tout,

Si leur muse, poussée à bout,

N'avait rien à dire des bêtes

Et n'osait, pour se délasser,

Nous donner l'art de les chasser?

Sous le poids de tels cataclysmes
Nous eussions tous perdu beaucoup,
Et je regretterais surtout
Le feu de vos gais aphorismes
Qui, reflétant sous mille prismes
L'art et les plaisirs du chasseur,
Sont empreints de ce sel attique,
Que votre esprit philosophique
Répand avec tant de bonheur.
Dans cette œuvre, qu'on prend peut-être
Pour œuvre de frivolité,
J'y vois une leçon de maître
A notre faible humanité.
Comme notre grand fabuliste
Flagellant gaîment nos défauts,
Vous cachez le froid moraliste
Sous l'égide de vos bons mots.
Las! il faut bien qu'on se l'avoue,
Le rouge en vint-il à la joue,
Imprudence, légèreté,
Jalousie, orgueil, vanité,

Mais vanité surtout se montre
Partout où l'homme se rencontre.
Dans ses devoirs, dans ses plaisirs,
Jusque dans ses plus vains désirs,
Dupe d'un guide qui l'égare
Il prétend aux ailes d'Icare,
Et comme lui, précipité,
Dans sa folie est arrêté.
Mais je ne veux, en l'occurrence,
Des travers de l'humaine engeance
M'établir ici le censeur,
M'avouant, au fond de mon cœur,
Que j'ai, d'une extrême indulgence
Plus que tout autre grand besoin.
Je renonce donc à ce soin,
Et de votre philosophie
Ne prenant que le gai côté,
Je conviens que de cette vie
Avec un peu de bonhomie,
De bienveillance, de gaîté,
Le cours est facile à poursuivre,
Et que, malgré tous nos travers,
Un franc et bon chasseur peut vivre

A l'abri de bien des revers.

Ainsi que vous, oui, je l'atteste,
Le chasseur adroit et modeste,
Franc, jovial et bon vivant,
Près de lui trouve incessamment
Du vrai bonheur toutes les sources ;
Contre l'ennui, l'oisiveté,
Que son art offre de ressources !
Pour le plaisir, pour la gaîté,
C'est dire aussi pour la santé,
Quel aiguillon plus efficace
Que les doux loisirs de la chasse !
Puis, là, nous sommes tous égaux ;
Là, nous devons tous être frères,
Et de nos intestines guerres
Confondre un instant les drapeaux.
De l'union, de la concorde
Et des sentiments généreux
La chasse est le prétexte heureux.
Or, si ce doux plaisir s'accorde
Avec le précepte onctueux
De notre sublime évangile,

⋙ ✦ ⋘

Ne doit-il pas de tout chrétien,
Et plaise à Dieu, de tout païen,
Être l'unique et vrai mobile?

Vantez donc en vos jolis vers,
Vantez les plaisirs de la chasse!
Qu'en les lisant, de ses travers
Tout méchant chasseur se défasse!
Qu'il devienne, selon vos vœux,
A ses mauvais instincts rebelle!
Qu'il soit aimable, adroit, heureux,
Mais sans cesser d'être fidèle,
Et qu'enfin de l'homme parfait,
Si toutefois on le connaît,
Le vrai chasseur soit le modèle!

MES ADIEUX AU MONDE.

Enfin, je vous quitte, villes,
Cités, en vices fertiles ,
Grand amas de boue et d'or
Où se salit la pensée,
Où la vie est insensée,
Où l'esprit n'a plus d'essor.

C'est que là sont entassées
- Dévorantes et pressées
Nos hideuses passions,
Ainsi qu'on voit dans la cale
D'un négrier cannibale
D'horribles convulsions.

C'est que l'orgueil, l'ignorance,
La sottise, l'arrogance,
Ces grands mots, fortune, rang :
C'est qu'aussi mon peu d'usage
De dormir dans l'esclavage
Avaient bien noirci mon sang.

Et puis, c'est que le temps marche
Et qu'il faut chercher une arche
Où l'aquilon n'entre pas ;
C'est qu'il faut plier la tête,
Pour sauver de la tempête
Ceux qui dorment dans nos bras.

Amère et triste science,
Lorsque vient l'expérience
Prendre l'homme à son midi ;

Qu'elle lui montre la roue,
Qui toujours tourne et secoue
Le malheureux endormi.

Honteux alors, il se lève
Et va chercher sur la grève
Le coin que lui laisse Dieu ;
Il fouille partout; il sonde,
Perce la croûte profonde
Et se cramponne à son pieu.

Puis, quand il a sur la plage
Tout réuni pour l'ouvrage
Qui doit lui servir d'abri ,
Il prend sa cognée, il frappe,.....
Mais le fer se brise, échappe.....
Son mauvais génie a ri !

Alors sa douleur sauvage
Eclate en longs cris de rage ,
Il saisit, il brise un roc
Et de ses débris foudroie
Des heureux qui, dans leur joie ,
Dansaient au-dessous du bloc.

Car il sait que cette pierre
Qu'il a réduite en poussière ,
Est moins dure que leur cœur,
Et que son cri de détresse
N'a fait qu'augmenter l'ivresse
Où les plonge le bonheur.

O destin, je te rends grâce !
J'ai compris de ta menace
Le juste et terrible éclair ;
J'ai compris la glauque empreinte
Qu'à mon bras laissa l'étreinte
De ton gantelet de fer.

Non, je ne veux pas attendre
Que tu viennes me surprendre
Dormant dans ma lâcheté ;
Je renonce à cette idole
Qu'encense l'homme frivole :
Je reprends ma liberté.

Je fuis, j'échappe à la foule
Qui s'entrechoque et se roule
Sur le pavé des cités ,

J'échappe à ce brillant monde
Dont l'odeur nauséabonde
Tordait mes nerfs irrités.

J'ai vu l'amère ironie
Qu'on verse sur la folie
Du sot qui vit pour autrui,
L'indifférence blessante,
Ou la pitié plus choquante
Qu'on laisse tomber sur lui.

J'ai vu la sotte importance
Et l'impudente arrogance
De tous ces heureux du jour;
Hommes vains, au cerveau vide,
Au cœur sec, à l'âme aride,
Aux entrailles de vautour.

Adieu, grands, puissants et riches
Que prennent pour leurs fétiches
Tant d'esclaves et de sots;
Adieu, fourbes; adieu, traîtres,
Devenus nos nouveaux maîtres!
Adieu, perfides dévots!

Non que bercé par l'image
Que caresse le jeune âge,
Quand le cœur est neuf encor,
Dans les campagnes, je pense
Trouver candeur, innocence
Et vertus du siècle d'or :

Comme en une mare infecte
Nous voyons l'immonde insecte
Naître et croître à l'infini,
Quelques lieux que l'homme habite,
Le vice y place son gîte
Et se propage avec lui.

Mais loin des cités, peut-être,
Je sentirai moins le maître
Dont la main pèse sur moi ;
Plus longue sera la chaîne,
Plus calme sera ma haine,
Plus patiente, ma foi.